CONFÉRENCE

ENTRE UN RELIGIEUX,

SAVANT CASUISTE DE TOULOUSE,

ET UN NÉGOCIANT DE MARSEILLE,

SUR L'INTÉRÊT DE L'ARGENT.

CONFÉRENCE

ENTRE UN RELIGIEUX,

SAVANT CASUISTE DE TOULOUSE,

ET UN NÉGOCIANT DE MARSEILLE,

SUR L'INTÉRÊT DE L'ARGENT.

Par M. Rullié, curé de S. Pierre, à Cahors.

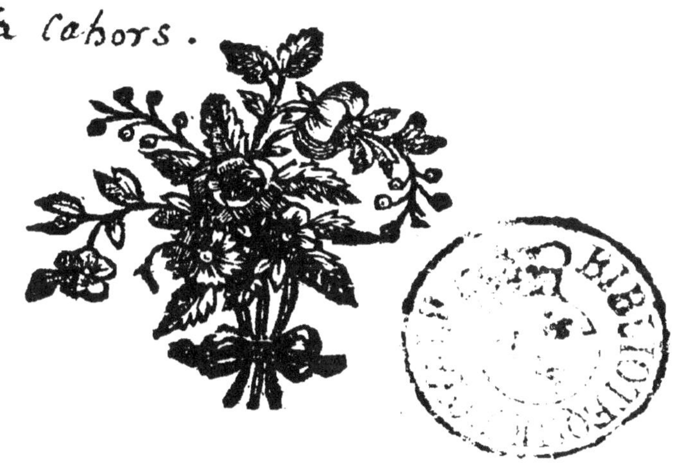

A PARIS,

Chez BARROIS l'aîné, Libraire, Quai des Augustins, du côté du Pont Saint-Michel.

M. DCC LXXXII.

CONFÉRENCE

Entre un Religieux, savant Casuiste (1)
de Toulouse, & un Négociant de Mar-
seille, sur l'Intérêt de l'Argent.

CHAPITRE PREMIER.

PREMIERE SÉANCE.

LE NÉGOCIANT.

JE voudrois que l'audience que vous voulez bien me donner, mon révérend Pere,
fût assez courte pour ne pas vous ennuyer,
& qu'elle fût cependant assez longue pour
éclaircir tous mes doutes. Vous êtes déjà
prévenu que ma conscience auroit plusieurs
questions importantes à vous proposer,
ayant été, près de quarante ans, Négociant,
Assureur, Banquier. Mais, au fond, tou-

---

(1) Le P. C. Cordelier.
Carpuac.   A

tes mes difficultés se trouvent renfermées dans un cas singulier, dont l'objet est considérable, & qu'on ne peut décider sans se déclarer pour ou contre l'opinion la plus commune au sujet de l'intérêt de l'argent.

LE CASUISTE.

Je suis assez exercé, Dieu merci, dans les affaires de cette espece, & vos difficultés n'auront rien pour moi de nouveau ni de pénible, ayant beaucoup médité & écrit sur cette matiere. Mais je m'étonne, Monsieur, que vous n'ayez pas éclairci vos doutes sans sortir de Marseille où il ne manque pas, sans doute, de gens éclairés.

LE NÉGOCIANT.

C'est pour avoir recouru inutilement à leurs lumieres, que j'ai besoin des vôtres. J'ai consulté ce que nous avons de sujets plus renommés par leur expérience & leur capacité, & je les ai trouvés dans des sentimens opposés, au sujet de l'intérêt & de l'escompte. Mais enfin, étant bien convaincu que la vérité doit être d'un côté ou de l'autre, & n'étant ni assez ignorant pour n'avoir point de doutes, ni assez instruit pour m'en débarrasser, j'ai reconnu l'obligation de m'adresser à un Casuiste éclairé

& au-deſſus des lumieres communes. Le public me l'a déſigné en vous, M. R. P.; c'eſt à votre réputation que vous devez mes importunités.

LE CASUISTE.

Je ſais, Monſieur, que parmi les Théologiens, il en eſt qui ſont favorables à l'intérêt de l'argent; mais ils ont beau dire : tout eſt contre eux, & les raiſons & les autorités.

LE NÉGOCIANT.

Votre ſentiment eſt donc décidément favorable à mes intérêts, qui font un aſſez gros objet, dans le cas où je me trouve vis-à-vis d'un créancier. Je ſais encore qu'il eſt étayé d'autres autorités très nombreuſes & très reſpectables. Mais ai-je auſſi pour moi la force & la ſupériorité des raiſons ? Vous le croyez, mais mon eſprit eſt frappé de l'idée qu'elles me ſont contraires, & ma conſcience me redit ſans ceſſe que ce n'eſt pas à moi que doit revenir la ſomme dont il s'agit, mais à mon créancier, qui eſt en même tems mon ami. Je me crois étroitement obligé à plaider ſa cauſe, quoiqu'à ſon inſu, & à faire valoir tous les moyens de défenſe qui peuvent faire juſtement pencher en ſa faveur la balance de l'équité. J'espere , mon Révérend Pere , que vous voudrez bien vous prêter à ma position & à mes vues , & me permettre en conséquence de discuter avec vous les raisons sur lesquelles , vous & presque tous les Théologiens , fondez votre façon de penser au sujet de l'intérêt de l'argent. Car je crois que tout homme qui pense , n'a droit de s'estimer lui - même qu'autant qu'il se sent inflexible dans l'amour de la droiture.

LE CASUISTE.

La vôtre est bien constatée , Monsieur , par la générosité que vous avez de veiller ainsi sur les intérêts d'un créancier , même aux dépens des vôtres. Je serai flatté doublement de vous avoir convaincu , par des raisons décisives , que ma façon de penser sur l'article de l'intérêt de l'argent est la seule vraie , dès que c'est vous qui devez profiter de la somme qui fait l'objet de votre doute.

LE NÉGOCIANT.

Si votre décision est la plus vraie & la mieux prouvée , j'y gagne 60000 livres ; & si les raisons que j'ai à vous apporter sont les meilleures , c'est moi qui payerai cette somme à mon créancier.

LE CASUISTE.

Le cas est singulier, & il me tarde d'en connoître les circonstances.

LE NÉGOCIANT.

Les voici : en 1776, un Capitaliste, retiré du commerce, ainsi que moi, voulut bien me confier cent mille écus à l'intérêt ordinaire pour quatre années ; & il exigea que jusqu'à ce terme je retiendrois à mon usage, & comme en dépôt, les intérêts qui échoiroient, parcequ'il prévoyoit que vers ce tems là il auroit à marier l'une de ses deux filles. Ce mariage ayant lieu en effet à l'expiration de la quatrieme année, je me hâtai d'aller en faire mon compliment à cet ami, auquel je portai en même tems 60000 livres d'intérêts accumulés du capital qui restoit encore entre mes mains. Il me dit en les recevant : *cela me suffit parfaitement ; retenez toujours le reste.* Un moment après il me mit dans les mains une quittance, portant qu'il avoit reçu 60000 livres en déduction du capital de 300000 liv. réduit par là à 240000 livres : m'en étant apperçu, je lui dis avec émotion : vous vous méprenez : faites donc une quittance des intérêts, votre capital restant toujours entier. Non, non, me

A iij

répondit-il, c'eſt vous-même qui vous trompez! Les intérêts ſont à vous & non à moi ; c'eſt ce que m'ont décidé d'habiles Caſuiſtes, & leur déciſion a été ratifiée par tout ce que j'ai dans mon cœur de ſentimens pour vous. Egalement ſurpris & mortifié de cette avanture : oh ! non, lui repliquai-je, ce n'eſt point ainſi que je l'entends : votre ſcrupule eſt mal fondé. Ce n'eſt pas le moment de diſcuter cela, ajouta-t-il ; nous en parlerons dans la ſuite. Comptez, en attendant, que mon parti eſt pris là deſſus.

LE CASUISTE.

J'admire la candeur de ce reſpectable ami, & ſur-tout la droiture de ſa conſcience. Mais en êtes-vous encore là ?

LE NÉGOCIANT.

Oui, & voici comment. Frappé de tant de vertu & de déſintéreſſement, je ne voulus pas que ma délicateſſe en eût à rougir. C'eſt alors que j'aſſemblai quatre Caſuiſtes pour ſavoir à quoi il falloit s'en tenir au ſujet de l'intérêt & de l'eſcompte. Le haſard voulut que deux d'entre ces Docteurs fuſſent d'un avis favorable, mais les deux autres furent inflexibles dans le parti du rigoriſme. Au lieu d'une conſultation

paifible, nous eûmes une plaidoierie affez
vive, qui fembloit d’abord intéreffante,
mais qui devint bientôt ennuyeufe, parcequ’on s’entendit peu, qu’on fe répon-
doit au hafard, & que ce n’étoit, dans les
deux partis, que d’éternelles répétitions :
après quoi chacun fe retira, bien convaincu que fon avis étoit le meilleur.

LE CASUISTE.

Mais jufques-là votre hiftoire ne m’ap-
prend rien, & je n’ai point de conféquence
à en tirer.

LE NÉGOCIANT.

Il n’en fut pas ainfi à mon égard ; j’en
tirai une conféquence qui eft bien gravée
dans mon cœur. Je conclus de ce dénoue-
ment, que, ces Meffieurs ne s’étant ac-
cordés fur rien, ils avoient raifonné à l’a-
venture d’après le préjugé qu’ils tenoient
du hafard, & qu’enfin les uns faifoient valoir des principes faux, & les autres ne
favoient pas les véritables. Il ne s’agit,
difois-je, que de favoir fi une convention
eft jufte ou injufte ? Quel myftere pour-
roit-il y avoir à cela ? La notion de l’é-
quité naturelle eft fi claire dans tout le
refte ; on ne difpute, à coup sûr, au fujet
de l’intérêt & de l’efcompte, que par l’ha-

A iv

bitude qu'on a prife de mettre à ce fujet
les préventions anciennes & populaires, au
rang de ces axiomes fur lefquels perfonne
ne fe permet ni doute ni examen.

LE CASUISTE.

Refte à favoir fi c'eft dans votre opinion, ou dans la mienne, qu'on a le mieux
examiné.

LE NÉGOCIANT.

Eh ! voilà juftement ce que je voudrois
éclaircir ; car cet effai ne me paroît point
inutile ni impraticable. La force du préjugé peut bien éblouir, égarer même une
raifon faine, mais non la dépraver totale-
ment. Ce n'eft que par l'effet d'une molle
indifférence à l'égard de la vérité, qu'on
ne fait aucun effort pour lever le voile dont
la couvrent fi fouvent l'ignorance & les erreurs qui paffent d'un fiecle à l'autre. C'eft
ce que je repréfentai à quelques-uns de
ces Docteurs, que j'eus occafion de revoir
peu de jours après cette aventure. Ils ne fe
réunirent que pour me confeiller d'examiner cette matiere par moi-même, & de
prendre un parti d'après mes propres réflexions, quand j'aurois lu les meilleurs écrits
qu'ont publiés les adverfaires & les parti-
fans de l'intérêt de l'argent. J'ai fuivi leur

avis ; & après avoir beaucoup lu, j'ai cru
quelquefois que je pouvois retenir les 60000
livres, & j'ai pensé plus souvent que je
devois les rendre à mon ami.

LE CASUISTE.

C'est-à-dire, Monsieur, qu'à force de
consultations & de lectures, vous voilà
sceptique sur l'article de l'usure ? n'est-ce
pas ?

LE NÉGOCIANT.

Non pas précisément sur l'article de l'u-
sure ; car on la condamne dans l'un & l'autre système, comme vous ne l'ignorez pas ;
avec cette différence, que dans le plus
commun on appelle usure toute négociation de l'argent, où l'on peut appliquer le
mot *prêt*, & que dans l'autre système com-
battu par les Scholastiques, on ne voit
point d'usure dans la stipulation d'intérêt
estimé juste par les gens d'affaires, suivant
les notions communes de l'équité. Il me
tarde cependant de prendre un parti dans
la situation où je me trouve ; car, d'un
côté, je ne peux retenir ces 60000 livres
avec une conscience qui s'y refuse perpé-
tuellement ; & de l'autre, il n'est pas trop
naturel de restituer une pareille somme,
sans savoir pourquoi.

A 7

LE CASUISTE.

Je vous entends : vous voulez que l'on vous convainque, par des preuves sans replique, que l'intérêt de l'argent est naturellement illégitime & injuste.

LE NÉGOCIANT.

Voilà sur quoi j'ai besoin d'être instruit à fond.

LE CASUISTE.

De bons arguments contre l'intérêt? eh, Monsieur, il y en a cent pour un ; l'embarras n'est que dans le choix ; car on ne peut pas dire tout. Mais je vois, à-peu-près, quel est votre goût, en genre de preuves, & il sera satisfait. Je vais vous fournir des arguments invincibles & inéluctables, tirés d'une métaphysique profonde, & cependant clairs comme un beau jour, d'où vous verrez sortir des vérités, mais de ces vérités palpables, immuables, éternelles. N'est-ce pas là ce que vous demandez ?

LE NÉGOCIANT.

Eh! oui, mon révérend Pere ; c'est bien ce que je cherche ; des vérités palpables, immuables, éternelles : car je ne veux

(11)

point de ces opinions qui vont & viennent comme les oiseaux de passage, qui pendant un tems ont une vogue générale, & tombent ensuite dans un mépris universel. Hâtez vous donc, je vous prie, de me faire connoître, contre l'intérêt de l'argent, ces raisons palpables, immuables, éternelles, que j'aime tant.

LE CASUISTE.

Vous allez voir. Je dis donc que l'intérêt de l'argent est mauvais, & évidemment condamnable de sa nature, radicalement, foncièrement & substantiellement. Je démontre cette proposition par les rapports de la nature de l'argent comparés avec ceux de la nature des intérêts, lesquels étant rapprochés, au lieu d'avoir entre eux une certaine harmonie, & une juste convenance, forment, au contraire, un contraste entre eux, & sont dans une opposition de rapports réciproques : d'où je conclus, Monsieur , ...

LE NÉGOCIANT.

Eh ! de grace, ne concluez rien encore, avant que je sache si ce n'est pas là de cette métaphysique profonde, que vous m'avez annoncée, qui peut être très claire pour vous, mais qui est très obscure pour

moi. Laissez-la à l'écart, avec ces abstractions sublimes , & ces expressions savan-
tes , qui mettent entre vous & moi d'épais.
nuages , à travers lesquels je ne puis vous.
suivre. Tenez : vous vous ferez entendre
à moi sans nulle difficulté , si vous voulez
bien avoir la complaisance de faire des-
cendre votre raison au niveau de ma foible intelligence , en me disant les choses.
par leur nom le plus commun & le plus.
populaire. . . . . . Je vous demande pardon
d'avoir coupé votre discours ; vous en
étiez à me prouver que l'intérêt de l'argent est naturellement & nécessairement
injuste.

LE CASUISTE.

Je vous demande pardon aussi. Quoi ,
Monsieur ? vous trouvez une métaphysique obscure dans la simplicité des choses.
que je commençois à vous expliquer. Je ne
puis pas créer une grammaire & une logi-
que exprès pour vous. Redoublez d'attention , & je réponds que cette fois-ci vous
saisirez tout. Je dis donc que l'intérêt de
l'argent est évidemment injuste , de soi ,
c'est-à-dire , dans son être constitutif, comme n'étant point analogue à la nature de
l'argent , mais au contraire dans une opposition mutuellement réciproque : cela est.

très simple, & il n'y a personne, je crois, qui ne conçoive cela.

LE NÉGOCIANT.

Oui, mon Pere, je conçois bien ces mots là; mais sous ces mots, je ne vois point des choses, & ce sont les choses que je cherche à voir.

LE CASUISTE.

Ne vous découragez pas : vous verrez que tout s'éclaircira : d'abord vous comprenez, j'en suis sûr, que l'argent considéré en lui-même, dans l'idée que vous avez de son être & de son essence, n'est point nécessité par sa nature à produire un intérêt : rien n'est plus clair ni plus incontestable : j'ajoute que l'argent & l'intérêt ne s'accordent donc point ensemble naturellement, parcequ'ils ne sont pas faits l'un pour l'autre; il y a donc opposition entre l'un & l'autre : cela est très clair : me suivez-vous?

LE NÉGOCIANT.

Eh! un peu, ce me semble.

LE CASUISTE.

Tant mieux. Poursuivons maintenant : or, de l'opposition naturelle qu'il y a en-

tre la nature de l'argent & celle de l'intérêt, il réfulte par conféquent une difcon-
venance, qu'on appelle autrement un défordre, & par conféquent un grand mal. Il
n'y a point de nuages ; & voilà le terme
de cette métaphyfique dont vous aviez tant
de peur.

LE NÉGOCIANT.

C'eft-à dire, mon Pere, fi j'ai fu vous
bien comprendre, que le vice ou le défordre de l'intérêt de l'argent dérive de fa nature, comparée à celle de l'argent, en ce
que le capital, d'un côté, & fon revenu de
l'autre, font deux chofes à part, dont l'une
n'eft point l'autre ; de maniere que de la
diverfité de leur nature il fe forme une oppofition de rapports, defquels réfulte un
défordre, & conféquemment un grand
mal.

LE CASUISTE.

C'eft cela même : vous y êtes maintenant. C'eft le point d'où il faut partir, tout
le refte fuivra comme de lui-même.

LE NÉGOCIANT.

Voilà donc ce que c'eft que des rapports.
Je n'avois plus fait attention qu'il pût y
avoir tant de mal dans des rapports. Mais
une chofe m'embarraffe : je vois de pareils

rapports entre le froid & le chaud , le jour
& la nuit, une bourſe vuide & une bourſe
pleine. On apperçoit dans tout cela de pareils rapports d'oppoſition , pareille diſconvenance & pareil déſordre , ſi vous voulez. Mais pour du mal , du péché , je ne
ſais point y en voir. Pourquoi ces rapports deviennent - ils criminels uniquement
ment dans l'uſage de l'argent ?

LE CASUISTE.

Ah ! vous voilà Métaphyſicien vous-
même ! Vous voyez bien qu'il eſt facile &
qu'on ne peut ſe paſſer de l'être. Je viens
à votre réflexion , qui eſt aſſez judicieuſe.
Je conviens que la nature des choſes étant
diverſifiée à l'infini , cette diverſité dans
les individus produit des rapports d'oppoſition qui , dans bien des cas , ſont innoc-
cents , comme on le voit dans les exem-
ples que vous venez de citer. Il n'y a point
là de déſordre moral , comme il n'y en a
point dans deux pierres, dont l'une eſt placée
à droite & l'autre à gauche , quoiqu'elles
ſoient modifiées par des rapports d'oppoſition. Vous me demandez pourquoi ce rapport de diſconvenance rend criminel l'uſ-
ſage de l'argent , quoique innocent dans
tout le reſte ? Il y a ſur cela une diſtinction
à faire , ou plutôt une diſparité à donner.

C'eſt que l'argent eſt ſtérile de ſa nature,
c'eſt-à-dire, qu'il n'eſt point *fructifere*;
d'où il ſuit qu'il eſt autant contre l'ordre
naturel d'en exiger l'intérêt, que d'attendre du fruit d'un arbre deſſéché juſqu'à la
racine: vous me direz; il n'y auroit point de
mal d'attendre du fruit d'un arbre ſtérile :
pourquoi donc y en auroit il à attendre un
intérêt de l'argent, malgré ſa ſtérilité ? Je
diſtingue de nouveau : il n'y auroit pas de
mal phyſique, je l'accorde ; de mal moral,
je le nie. Car les effets naturels étant cir-
conſcrits dans la ſphere de l'ordre phyſique, ils ne ſont point ſuſceptibles de la
regle des mœurs, ni par conſéquent du
mal proprement dit; au lieu que l'homme y étant aſſujetti, & étant appellé par
cette raiſon *cauſe morale*, tout ce qu'il fait
contre l'ordre naturel eſt néceſſaitement un
déſordre & un mal moral. Voilà ma diſparité : m'avez-vous bien compris ?

LE NÉGOCIANT.

Je vous entendrois bien mieux, mon
Pere, s'il vous étoit poſſible de traduire
vos diſcours, trop élevés pour moi, en un
langage humain & populaire.

LE CASUISTE.

Voilà ce que c'eſt que d'être novice en

métaphyſique ; mais je ne ſais qu'y faire : car cela me paroît clair & très clair.

LE Négociant.

Comment ? vous trouvez fort clair, mon Pere, que le tort d'un Capitaliſte qui ſe fait payer des intérêts, conſiſte en ce que ſans égard pour la ſtérilité de l'argent, il veut forcer ſa nature, en prétendant, bon gré mal gré, qu'il pullule, ainſi que les grenouilles & les ſouris ? Oh ! n'ayez pas une ſi mauvaiſe opinion des gens d'affaires : aucun d'eux n'eut jamais une pareille malice. Ils veulent ſeulement que la jouiſſance de l'argent qu'ils cedent ſoit eſtimable, à raiſon de l'uſage qu'en ſait faire l'induſtrie. Loin qu'il y ait là aucun mal contre l'ordre naturel ni moral, il y eſt, au contraire, bien obſervé ; car je trouve auſſi louable de tirer parti de l'argent par ſa circulation, & de le faire fructifier, malgré la ſtérilité que vous lui reprochez, que de rendre fertile une terre morte & abandonnée à cauſe de ſa ſtérilité. Ce raiſonnement-là n'eſt pas du haut ſtyle, mais en revanche, il me paroît plus clair que les vôtres.

LE Casuiste.

La preuve que votre argument ne vaut rien, c'eſt qu'il combat de front un principe adopté par toutes les Ecoles , par les Moralistes , Canonistes , Légistes & Légiflateurs. Voulez-vous lutter contre tout le monde ?

LE NÉGOCIANT.

Prenez garde , mon Pere : nous en fommes aux preuves de raifonnement , aux arguments naturels contre l'intérêt de l'argent , que vous m'avez annoncés comme étant *invincibles* & *inéluctables ;* & vous les laiffez là pour me citer des autorités dont nous devons nous occuper à part ! Maintenant que vous m'avez fait un peu à votre langage métaphyficien , il faut bien que je fache quelle lumiere je puis en attendre.

LE CASUISTE.

Cela eft jufte ; je n'y prenois pas garde. Pour revenir au raifonnement que vous veniez de m'oppofer , il prouve que vous n'avez pas encore pénétré jufqu'à la racine de la queftion : car , pour vous convaincre que l'intérêt eft vicieux & criminel , faites attention que cet intérêt ne peut être confidéré que fous les rapports d'un fruit, d'une production quelconque ; & cela eft bien certain. Je dis , en fecond lieu , que la nature de l'intérêt exige donc une caufe dont l'attribut foit la fécondité , afin d'établir, entre l'un & l'autre, le rapport de cause à effet. Or l'argent ne peut être cette cause, parcequ'il n'a point la faculté de se multiplier. Reste donc que dans l'intérêt de l'argent tout milite contre le droit naturel. Vous me comprendrez à la fin !

LE NÉGOCIANT.

Un peu moins qu'auparavant ; & j'en serois fort humilié, si je pouvois croire que vous vous entendez vous-même.

LE CASUISTE.

Oh ! je vous avouerai bien que ces abstractions si élevées ne sont point à la portée de tous les esprits. Je vous dirai, de plus, que nous n'y avons recours que pour venir à bout de certains arguments plus difficiles à dénouer.

LE NÉGOCIANT.

Mais je ne me suis point apperçu que par votre discours scientifique vous ayez rien *dénoué* dans le raisonnement que je venois de vous proposer. En voici un autre plus direct & plus simple encore : je suppose que j'ai mis vingt louis dans une bourse, & vous savez que je suis assez visionnaire pour vouloir, pour desirer, & pour espérer que ces vingt louis en produiront cent.

En cela , je ferai un fot , un imbécille , fans doute. Mais vous ne trouverez point là de péché, de violement du droit naturel , ni d'ancune regle de mœurs. Il n'y en a pas davantage , même fuivant votre fuppofition de la ftérilité de l'argent, dans le procédé de tout Capitalifte qui le place à intérêt. Permettez-moi de vous dire encore que j'apperçois, à mon tour, un rapport de *difcordance & d'oppofition* entre le bon fens & l'hypothefe qui vous fait admettre comme un principe fondamental le fait de la ftérilité naturelle de l'argent. Car tout le monde convient que nous n'avons aucun fond , aucun effet commerçable dont la fécondiré foit auffi réguliere , auffi étendue , ni auffi fûre que celle de l'argent. Que penfez-vous de tout cela?

LE CASUISTE.

Je veux vous l'avouer avec candeur : je penfe , tout examiné, que nos antiques devanciers auroient bien fait de ne point s'attacher à cette ftérilité de l'argent, qui, entre nous, n'offre aucune idée nette, & donneroit lieu de difputer jufqu'à ne plus s'entendre. Mais la caufe de l'intérêt n'en ira pas mieux pour cela; voici comme je le prouve. La juftice commutative confifte à obferver l'égalité. Or quand après m'avoir prêté cent louis pour un an , vous exigez que je vous en rende cent cinq , vous n'obfervez pas l'égalité. Vous me faites donc une injuftice.

LE NÉGOCIANT.

Si dans ce raifonnement vous fuppofez que l'argent n'eft point ftérile, il tombe & n'a plus lieu. Si vous le fuppofez ftérile, vous rétractez l'aveu que vous venez de faire, que ce n'eft là au fond qu'une chimere. D'ailleurs , je renverfe votre argument par celui-ci : quand je vous confie cent louis, avec un droit de jouiffance , eftimé cinq louis , & qu'un an après vous me comptez cent cinq louis, il y a égalité ; donc il n'y a point d'injuftice.

LE CASUISTE.

Mais vous ne faites pas attention que tout prêt étant gratuit de fa nature, il fuit delà que tout prêteur, qu'il le veuille ou non , prête gratuitement, n'étant pas poffible de changer la nature des chofes.

LE NÉGOCIANT.

Je prends la liberté de vous dire qu'il n'eft pas bien à vous de donner ainfi un air myftérieux & important à des raifonnements qui ne font que des jeux de mots,

& qu'il n'eſt point digne de vous de les mettre à la place des bonnes raiſons.

LE CASUISTE.

Comment, Monſieur ; vous regardez comme un jeu de mots, & comme de mauvaiſes raiſons, les premieres notions des choſes, & leurs définitions ? Conſultez tous les Grammairiens, Philologues, & Lexicographes : ils vous diront, *unâ voce*, que prêter de l'argent eſt la même choſe que *mutuare*, ou *mutuo dare* en latin ; ce qui dans l'une & l'autre langue, ſignifie prêter gratuitement. La ſtipulation de l'intérêt eſt donc contre l'eſſence du contrat par lequel l'on prête ; &, encore un coup, on ne peut pas dénaturer les choſes, ſans violer le droit naturel.

LE NÉGOCIANT.

J'obſerve d'abord que, ſelon votre raiſonnement, il y aura un moyen facile pour laver la conſcience des prêteurs à intérêt, de tout reproche. Ils n'auront qu'à ſtipuler dans toute autre langue que le françois ou le latin, & ils trouveront alors des mots deſtinés à exprimer le prêt lucratif & intéreſſé, ſi mieux ils n'aiment dire qu'ils *cedent* ou *dépoſent* l'argent pour tel temps. Vous ajoutez qu'on ne peut point changer

(23)

la nature des chofes ? Mais vous ne faites
point attention que, dans le moral comme
dans le phyfique, l'on ne fait ici bas que
changer la nature des chofes en mille ma-
nieres différentes ; avec des couleurs, on
change le bleu en noir, & le blanc en
rouge ; un ingrédient de plus ou de moins,
dans une opération de chymie, change la
nature des fubftances ; l'infertion d'un
greffe change la nature d'un arbufte ; une
intention perverfe rend mauvaife une ac-
tion bonne de fa nature. Que fais-je ? A
fuivre vos raifonnements, vous le voyez,
on ne finiroit plus.

LE CASUISTE.

A mefure que nous avançons, je trouve
que vous devenez toujours plus difficile.
Vous avez rejetté mes preuves contre l'intérêt, prifes de la nature de l'argent & de
fa ftérilité, de l'inégalité renfermée dans
le prêt lucratif, & enfin de l'effence du
prêt comme gratuit de fa nature. Mais que
direz-vous, fi je vous démontre, par un
autre argument, que quiconque exige l'intérêt eft dans le même cas qu'un voleur
qui vous dévalife fur un grand chemin.

LE NÉGOCIANT.

Ce nouveau raifonnement n'étoit point

amené, ce me femble, par les réflexions que nous venions de faire. Il m'étonne & me fait craindre, que vous ne foyez un peu fatigué de cet entretien que nous terminerons quand vous voudrez.

LE CASUISTE.

Ah! point du tout, le temps ne me dure pas. Votre franchife & la netteté de vos idées me plaifent également. Au furplus, je ne vous ai point encore convaincu de l'injuftice de l'intérêt de l'argent, fans doute parceque j'ai commencé par les preuves les moins bonnes, & que les plus fortes font les dernieres que j'ai à vous propofer. En voici une, dont vous ferez peut-être fatisfait.

N'eft-il pas vrai que, quand votre Capitalifte vous eut prêté les cent mille écus, dont vous avez parlé, vous en reftâtes le vrai maître, que le domaine & la propriété en demeurerent fur votre tête ? Cela pofé, je vous démontre que tous les profits qu'a produit cet argent, vous appartiennent véritablement, & que votre créancier n'y peut rien prétendre, ni exiger aucun intérêt, parceque d'un côté, les fruits d'un effet quelconque appartiennent de droit à fon propriétaire, & que d'un autre côté les profits retirés de cet argent font le fruit, non de

l'argent,

l'argent, mais de votre induſtrie. Ils vous appartiennent donc à ces deux titres, qui ſont excluſifs pour le Capitaliſte. Vous ne direz pas que ce raiſonnement-là ſoit trop ſubtil?

LE NEGOCIANT.

Oh! pour ſubtil, non ; je conviens qu'il auroit plutôt le défaut oppoſé : car ce raiſonnement ſuppoſe, je ne ſais pourquoi, que nous n'avons encore rien dit, que nous n'avons rien éclairci, que nous ne ſommes convenus ſur rien. Il ſuppoſe que l'argent eſt ſtérile, & ſa jouiſſance nulle. Il ſuppoſe enfin que vous avez oublié ce que je vous ai dit tantôt ; que, ſuivant une eſtimation commune, il y a égalité dans l'échange que j'ai fait avec mon créancier de 300000 écus qu'il m'a cédés avec le droit d'en jouir un an, & les 315000 livres, que je lui compte après ce terme : faut-il d'autre titre que cette égalité pour autoriſer un créancier à exiger les intérêts convenus ?

LE CASUISTE.

J'entends bien. Vous prétendez, vous & tous les Négociants de l'univers, que l'intérêt loin de rompre l'égalité entre le Capitaliſte & ſon débiteur, l'établit au contraire ; & je prétends, moi, avec tout ce qu'il y a au monde de Cafuiftes & de Savants , que cette égalité eft chimérique. Qui fera notre tiers pour vuider ce différend ?

LE NÉGOCIANT.

Ce tiers eft tout trouvé. C'eft la faine raifon, mais qu'il faut laiffer parler feule, fans rien emprunter des fophiftes, des métaphyficiens, des fcholaftiques. Vous demandiez un tiers : confentez - vous à prendre ce tiers-là ?

LE CASUISTE.

Pourquoi non? je ne demande pas mieux; ce tiers-là ne m'eft point fufpect, & j'acquiefce d'avance à fa décifion.

LE NÉGOCIANT.

J'y donne les mains auffi, & voilà un compromis en regle. Vous ou moi ferons cenfés le violer, fi nous nous rendons réfractaires envers ce tiers, s'il nous arrive de choquer la raifon par des prétentions contraires au fens commun. Je me tiendrai fur mes gardes de mon côté : faites-en autant du vôtre.

LE CASUISTE.

Oui , vous dis-je : je foufcris à tout cela de grand cœur.

Le Négociant.

Maintenant que vous n'avez plus moyen de reculer, je vous ferai obferver que vous avez prononcé votre condamnation ; car, d'un côté, vous avez reconnu la foibleffe, pour ne pas dire l'abfurdité de tous les arguments que vous avez oppofés jufqu'ici à l'intérêt de l'argent , & vous avez paru avouer modeftement que ces arguments, que vous aviez jugés invincibles, n'étoient qu'un abus de la métaphyfique. Vous n'avez donc fait par cette fuite d'arguments , que vous m'avez oppofés pendant demi-heure , que choquer la raifon à outrance. Voyez maintenant s'il eft jufte que ce tiers , qui doit prononcer fur notre différend , le vuide en votre faveur?

Ce n'eft pas tout ; vous avez fait un autre aveu qui équivaut à celui de votre condamnation. Vous venez de dire que la juftice de l'intérêt , comme établiffant une égalité entre le Capitalifte & fon emprunteur , eft un point reconnu par tous les Négociants de l'univers ; & c'eft-là un fait qui eft généralement vrai & notoire. Je vous demande maintenant , mon Révérend Pere , qui eft le plus compétent pour juger s'il y a inégalité , c'eft à-dire , léfion & duperie au préjudice de l'emprunteur , dans une négociation d'argent ? Vous avez mis d'un côté tous les Négociants du monde : je leur oppose pour vous tous les Casuistes & Scholastiques d'Europe ; car je ne sache pas qu'ils aient établi des colonies dans les autres parties du monde Je vous prie donc de me dire si ce sont ces derniers ou les premiers que vous jugez les plus compétents pour faire les diverses combinaisons qui menent à la connoissance des avantages ou désavantages d'un traité de commerce, respectivement à chacune des parties contractantes ? Croyez-vous que les Prêteurs & les Capitalistes ont formé entre eux une ligue secrete pour duper tous ceux qui ont recours à eux , & cela au moyen d'une inégalité que produit l'intérêt , & dont ces derniers ne savent pas s'appercevoir ? Joueriez-vous un beau rôle, si vous constituant Missionnaire pour la conversion des usuriers , vous alliez dans les places de commerce parcourir les comptoirs , ou les assemblées des Négociants, pour leur dire : « Messieurs , je viens vous » faire comprendre , pour le bien de votre » salut , que quiconque place son argent à » intérêt , ou exige l'escompte , exerce » une profession d'iniquité , & que qui- » conque paie de pareils intérêts est un » stupide, un vrai lourdeau , qui ne sait

» pas comprendre qu'on le dupe par l'iné-
» galité que l'intérêt fait trouver dans fa
» condition, comparée avec celle du capi-
» talifte » ? Vous fentez affez le fruit
que vous auriez à attendre d'une telle
miffion.

Pour juger donc s'il y a égalité ou non
dans les conditions refpectives d'un traité
de commerce, ou de négociation d'argent,
il eft contraire au bons fens de recourir à
d'autres lumieres que celles de la profeffion
même, fuivant l'axiome vulgaire ; *unicui-
que in suâ arte credendum eft* Quand votre
talent pour les fpéculations abftraites feroit
au-deffus de toutes les fubtilités de *Scot*,
de *Suarez*, ou d'*Arriaga*, je vous défie de
couvrir aux yeux de tout homme fenfé, le
ridicule qu'il y a à vouloir mefurer l'égalité ou inégalité, c'eft-à-dire, le gain ou la
perte, que renferme une ceffion d'argent,
par le moyen de quelques fentences bar-
bares, qu'on appelle *principes fcholaftiques.*

Voilà, mon Révérend Pere, des réflexions bien naturelles, & que notre tiers
ne défavouera pas. Si vous avez à y répondre, je crois qu'il eft de votre intérêt
de le faire laconiquement.

LE CASUISTE.

Oh ! ne croyez pas que par mes réponses je provoque la faine raifon à me condamner. J'aime mieux avoir du moins le mérite de le faire moi-même. Voici donc tout ce que j'ai à vous répondre. Je reconnois de bonne foi que la juftice d'un traité quelconque confifte à obferver dans les ftipulations une certaine égalité d'avantages : que cette égalité réciproque eft le réfultat des profits ou des pertes qui paroiffent attachés à la pofition de chacun des contractants, c'eft-à-dire, à l'exécution des claufes ftipulées ; que pour faifir ces rapports des profits, ou des défavantages, & ces comparaifons du gain à la perte, dont la vue détermine le confentement de chaque partie contractante, il y a tant de combinaifons à faire, tant de circonftances à prévoir, tant de probabilités à apprécier, qu'il faut être verfé dans la théorie & la pratique des affaires, pour juger fi, dans tels ou tels traités, il y a affez d'égalité refpective pour qu'ils foient cenfés conformes à l'équité, & qu'enfin les fubtilités de *Scot* ne fauroient en faire un Juge compétent, pour prononcer fur une infinité de traités de commerce. Que trouvez vous là qui ne foit exact ?

LE NÉGOCIANT.

Ah! rien affurément. Mais pourfuivez jufqu'au bout, ou plutôt, prenez garde qu'il eft peut-être temps de vous arrêter.

LE CASUISTE.

Je ne ferai ni l'un ni l'autre ; vous l'allez voir. J'ajoute donc à la fuite de ce que je viens de dire, que bien des Cafuiftes méconnoif-fent les bornes de leur jurifdiction, en décidant fur les traités de commerce, & autres conventions, d'après des regles vagues & générales, qu'ils appliquent comme ils l'entendent, fans être en état de fentir le fort & le foible, le péril & les avantages, les apparences de gain & de perte, que préfente l'enfemble d'un nombre de traités, introduits par les ufages modernes, & que les Cafuiftes judicieux doivent fe recufer dans ces fortes de cas, & en renvoyer la décifion à qui de droit, c'eft-à-dire, aux gens d'affaires qui ont de la juftefle dans l'efprit & de la droiture dans le cœur.

Quant aux arguments abftraits contre l'intérêt, que je croyois démonftratifs, j'avoue qu'ils n'ont rien d'affez nettement concluant, & que ce n'eft pas par ce genre de preuves qu'on peut attaquer la ftipulation des intérêts. J'en fuis convaincu, moins

par les raisonnements que vous m'avez opposés , & qui m'ont néanmoins un peu
déprévenu , que par une réflexion que vous
vous m'avez fait naître , & dont je suis
frappé. La voici. Un acte usuraire consiste,
avons-nous dit , dans une égalité profita-
ble au créancier, & désavantageuse à l'emprunteur. Cette inégalité est une circons-
tance accidentelle , & on ne peut la consi-
dérer que comme un *fait* , & un fait isolé,
qui consiste dans un excédent que le prêteur exige du débiteur. Or, l'existence de ce
fait étant purement accidentelle , je sens
qu'il est absurde d'en chercher la preuve
dans des spéculations abstraites & des raisonnements de métaphysique ; parceque
la réalité d'un fait ne peut être prouvée que
par d'autres faits plus connus ; cette vérité
me frappe par son éclat & mérite d'être
approfondie. Ainsi , Monsieur, vous voyez
que le respect pour la vérité fait que je me
joins â vous contre moi-même.

A l'égard du jugement que, portent tous
les Négociants , sur la justice de l'intérêt
de l'argent, ce jugement prouve très bien,
à mon avis, que les emprunteurs ne sont
point trompés , lésés , dupés ; que les
intérêts qu'ils paient deviennent , pour
eux, des moyens de s'enrichir, en leur pro-
curant des fonds , sans lesquels ils ne

pourroient point faire d'entreprises. Mais cela ne décide pas entiérement la question qui nous a occupés, & que nous discuterons encore, & qui consiste à savoir si l'intérêt en général n'est point défendu, ni illégitime. Vous voyez, Monsieur, combien je vous cede de terrein, pour ne pas violer la loi que nous nous sommes imposée. Vous n'avez pas, je pense, des reproches à me faire à cet égard.

LE NÉGOCIANT.

Ils seroient bien injustes, & me feroient tomber moi-même en défaut. Je ne dois, au contraire, que des éloges aux aveux que vous venez de faire. Nous nous approchons, je crois, insensiblement, & il ne tiendra pas à moi que la vérité ne nous réunisse sur tous les points : il en est un, dont nous venons de parler l'un & l'autre, & sur lequel il reste encore quelques reflexions à faire. Nous sommes convenus que la justice d'un traité dépend de l'égalité qui en est le vrai fondement. Cette égalité dépend, à son tour, de la *valeur* des choses qui font l'objet du traité, & dont on dit, après les avoir comparées ensemble, que l'une est équivalente à l'autre ; c'est-à-dire, que tel effet est de telle valeur ; & en d'autres termes, que l'objet d'échange est susceptible de la

B v

même eftimation que l'objet du contre-
échange. Delà nous devons conclure que,
quoique rien ne paroiffe plus précis, plus
fimple & plus abfolu que la notion de *juftice*, il eft pourtant certain que cette *juftice*, confidérée dans les actes particuliers,
n'a plus cette précifion & cette fimplicité
métaphyfique ; parceque, comme je viens
de le dire, elle a pour fondement l'égalité, qui fe prend d'une maniere morale,
& qui à fon tour dépend encore de la valeur ou du prix, qui eft naturellement vague
& fouvent variable ou même momentané.

Un militaire, écuyer fort curieux, étant
dans fa province rencontra entre les mains
d'un maquignon du village un jeune che-
val, de la plus belle tournure, d'une
beauté accomplie. Vingt louis l'en rendi-
rent propriétaire, & ce marché parut la
meilleure affaire du monde, & au vendeur
& à l'acheteur. Celui-ci s'étant rendu, peu
de tems après, à l'armée, fon beau courfier
y fut bientôt un objet de curiofité & d'en-
vie : un Officier général tint à faveur qu'on
le lui cédât pour quarante - deux louis ;
un Prince étranger, qui étoit auffi à l'armée, voulut, à fon tour, poffëder ce bi-
jou, pour lequel il donna de bonne grace
foixante-cinq louis. Voilà donc un effet
qui, dans l'efpace de quelques mois, &

fans changer de valeur intrinfeque , a été révendu à trois prix fucceffifs , & d'une différence énorme : on ne peut point dire cependant , d'aucun de ces marchés, qu'il y ait eu de l'injuftice.

Deux motifs m'ont entraîné , mon révérend Pere , dans les réflexions que je viens de faire. L'un a été de vous convaincre que ce n'eft point dans les difcuffions des Scholaftiques qu'on peut apprendre les regles de proportion & d'équité qui doivent diriger les conventions humaines ; mais dans les fpéculations raifonnées & dans la pratique des affaires. L'autre motif a été de vous demander pourquoi , & en vertu de quelle commiffion bien authentique, vos Cafuiftes ont pris fur eux, de fixer les taux des profits que les marchands peuvent faire , en confcience , dans le détail de leurs ventes ; fur quoi ils ont décidé & réglé que ce prix doit être, relativement au prix de l'achat , comme eft dix-neuf par rapport à vingt - un , ou à-peu-près. Il falloit , tout au moins , donner au public l'état des divers articles qui ne font point fufceptibles d'un pareil rapport ; ou plutôt il falloit fe borner à dire qu'il n'y a point , à ce fujet, des regles fixes & invariables , que la meilleure eft celle de l'ufage , & de la pratique des per-

fonnes équitables. Ne feroit-ce pas là votre avis ?

LE CASUISTE.

Je ne trouverois ni mon intérêt ni ma
fatisfaction, Monfieur, à vous contredire
fur des vérités qui plaifent d'autant plus
qu'on vous les voit déduire de principes
que tout le monde n'approfondit pas, &
dont on n'a qu'une idée vague. J'entrevois
l'application que vous voulez faire, des notions que vous venez de développer, à la
matiere de l'intérêt. Je conçois parfaitement que l'égalité morale & refpective eft
le fondement de la juftice de tout traité
particulier, que cette égalité eft un fait
accidentel & toujours variable d'un traité
à un autre, & qu'enfin il eft abfurde de
chercher la réalité de ce fait, c'eft-à-dire,
la juftice d'un contrat quelconque, dans
des abftractions de métaphyfique, qui fans
doute ne ferviront jamais de preuve pour
conftater un fait particulier. De-là vous
concluez, avec raifon, que la juftice d'un
traité de commerce ne peut être connue
que par une eftimation compétente, qui a
fu calculer, mefurer ou pefer les objets de
l'échange & contre échange, pour trouver
l'égalité dans le réfultat des rapports. Vous
concluez enfin, du développement de toutes

ces notions, que s'il y a quelque injustice dans une stipulation d'intérêt, elle doit nécessairement consister dans un défaut de proportion ou d'égalité ; que cette inégalité ne peut être mieux apperçue, ni mieux sentie, que par les gens d'affaires ; que quand ils ont décidé mûrement que tel traité est exempt du vice d'inégalité, on ne peut plus douter qu'il ne soit par conséquent à l'abri de toute imputation d'injustice & d'usure. N'est-ce pas à quoi se réduit votre systême ?

LE NÉGOCIANT.

Ah ! mon Pere, que l'on peut compter sur votre parole ! & qu'il est satisfaisant de passer des compromis avec vous ! Ce que je n'avois rendu qu'intelligible, vous le rendez lumineux & palpable. Mais dois-je augurer par-là que votre façon de penser & la mienne se confondront enfin ensemble ? Cette harmonie ne sera-t-elle pas troublée encore par quelque difficulté, ou par quelqu'une de ces distinctions mises en réserve, pour noircir & rendre inutiles les argûments trop difficiles à dénouer ?

LE CASUISTE.

Non : ne craignez plus de ma part, Monsieur, des chicanes scholastiques. Elles menent à l'erreur, & c'eft la vérité que je cherche. Je l'avois d'abord crue favorable à mon fyftême & à vos intérêts ; je crains maintenant pour l'un & pour l'autre. Je n'ai dans ce moment d'autre lumiere que celle qui fufpend tout jugement fur le fond des chofes, & laiffe dans le doute : par-là je finis, comme vous avez commencé. Je vous ai abandonné, & je ne m'en repens point, les raifonnements abftraits fur l'intérêt de l'argent, & je fuis convaincu que les fpéculations des Théologiens ne font pas plus propres pour porter un jugement décifif fur cette matiere, que les effais fur la *quadrature du cercle*. Mais il me refte encore une reffource pour défendre mon fyftême & vos 60000 liv. : les autorités les plus graves & les plus nombreufes font un moyen de défenfe qui demeure intacte. J'en tirerai parti, & peut-être me fera-t-il revenir fur tout le terrein que vous avez gagné fur moi : peut-être auffi, car je fuis devenu méfiant, aurez-vous le malheur de trouver, dans la fupériorité de vos raifons, de quoi faire triompher votre générofité & votre opinion, de la mienne & de vos intérêts.

LE **NÉGOCIANT.**

Je le crois d'autant plus, que ce n'eft

pas d'aujourd'hui que la doctrine contre l'intérêt me paroît inintelligible & inconciliable avec toutes les notions humaines. Voici un fait qui m'arriva il y a plus de dix ans.

Un de mes parents étant décédé, son fils aîné, qui étoit son héritier, se joignit à deux freres & une sœur qu'il avoit, pour m'engager à leur tenir lieu d'avocat & d'arbitre, pour les arrangements à faire pour le paiement des légitimes fixées & convenues à 40000 livres. L'un des cadets prit pour son lot un fort beau domaine, avec une somme qui compléta le montant de la légitime. L'autre prit une belle maison avec de bonnes créances. On compta à la fille 30000 livres en especes, & 10000 livres en bon papier exigible, pour faciliter son établissement. Cette parente, dont j'eus l'occasion alors de connoître la bonne trempe d'esprit, me consulta sur l'emploi qu'elle devoit faire de ces fonds, & me fit des questions dont j'avoue que je ne me tirai pas avec honneur ; un négociant, que vous connoissez bien, m'en a demandé la préférence, me dit-elle : ne ferai-je pas bien de le lui confier ? Très bien, lui répondis je ; je ne vois à cela qu'une difficulté. C'est que ce fonds, que vous ne voulez ni aliéner, ni risquer dans le commer-

ce , ne vous produira point de revenu légitime. Quoi ! me repliqua-t elle ; on a
prétendu me donner la portion la plus
précieufe de la fucceſſion , & elle ne me
produira rien , tandis que la portion de
mes trois freres leur donnera un bon revenu ? Les loix l'ont voulu ainſi, lui ré-
pondis-je. Comment ? c'eſt , fans doute,
parceque mes freres font des hommes, &
que je ne fuis qu'une fille ? A ce compte-
là les loix font bien partiales. Non : ce n'eſt
point cela, lui dis je , mais c'eſt que vous
feriez tort à ce négociant, en prenant des
revenus qu'il ne vous devra point. Je ferai
tort , me dites-vous , à un négociant qui
me prie de lui donner la préférence ? Je
ne vois point ici de tort : & il y a là quelque myſtere que vous me cachez. Je vous
proteſte que , quant à moi, je n'y mets
point de myſtere ; mais pour vous parler
plus clairement , je crois que votre Confeſſeur condamnera cet arrangement, &
vous fera reſtituer tous les intérêts que vous
aurez perçus. Voilà à quoi je ne veux point
m'expoſer ; mais encore : fur quel fondement mon Confeſſeur me feroit-il reſtituer
le revenu de mon bien? & pourquoi ce revenu appartiendroit-il plutôt à mon débiteur
qu'à moi, à qui il aura pofitivement promis
de le payer ? Votre Confeſſeur vous répon-

dra que, pour être dans la bonne foi, il faut ſuivre, à ce ſujet, les loix de la conſcience : mais ce ſont bien les loix de la conſcience, qui de toutes ſont les plus juſtes; & vous, qui êtes inſtruit dans les affaires, qu'en penſez - vous ? Vous voyez bien, lui dis-je, que vous m'excédez par vos queſtions; & vous me forcez à vous avoüer que vos réflexions me ſemblent fort raiſonnables. Vous ne pouvez cependant pas vous diſpenſer de les propoſer à quelqu'un qui ſoit plus en état que moi de vous bien éclaircir ſur cela. S'étant enſuite retirée au couvent, elle pouſſa à bout, ſur l'article, ſon Caſuiſte, & quelques autres. Mais il fallut ſe rendre à la fin. L'argent fut condamné à demeurer oiſif, & ma parente à vivre ſur ſon capital. J'ai voulu vous faire oublier, mon révérend Pere, l'exercice épineux des arguments, par cette petite anecdote : elle vous fait voir qu'il eſt donné à ma famille de fournir des ſujets difficultueux & grands faiſeurs de queſtions contre la prohibition des intérêts.

LE CASUISTE.

Tout cela me fournit encore matiere à réflexions : mais vous paroiſſez m'annoncer que nous n'en avons pas d'autres à faire enſemble d'aujourd'hui.

LE NÉGOCIANT.

Je suis même bien honteux de vous avoir retenu si long-temps , & je vous promets d'être plus discret à ma derniere audience, dans laquelle vous me condamnerez apparemment à restituer la somme en question.

LE CASUISTE.

Que savons-nous ? il est bon d'examiner encore: nous nous rejoindrons, si vous le voulez bien dans trois jours. En attendant, prenez mon livre (1) que voilà ; à l'exception des arguments abstraits , & des raisonnements de méthaphysique , vous y trouverez des choses très fortes , & des autorités savamment discutées. Je verrai avec plaisir les observations & les critiques même que vous aurez à faire sur cet écrit.

LE NÉGOCIANT.

Je profiterai de la liberté que vous me donnez , de vous en faire part , & il me tardera d'avoir cet honneur : trois jours suffiront, de reste , pour m'y préparer.

______

(1) Examen & Réfutation du Traité de l'Usure & des Intérêts, ou l'Intérêt du prêt de commerce condamné par l'Eglise Catholique , par le révérend Pere Carpuac, Mineur conventuel, ancien Professeur Royal de Théologie à l'Université de Toulouse. A Avignon , chez Chambeau, Imprimeur-Libraire , 1779.

CHAPITRE II.

Conférence entre un Religieux, savant Casuiste de Toulouse, & un Négociant de Marseille; deuxieme Séance. Critique amicale d'un Ouvrage récent contre l'Intérêt, avec de nouvelles Réflexions sur cette Matiere.

LE CASUISTE.

QUELQUE jugement que vous ayez porté de mon (2) ouvrage contre l'intérêt de l'argent, je parie bien, Monsieur, que sa lecture a étendu infiniment vos vues, & multiplié vos idées sur cette matiere épineuse. Ce n'est pourtant là qu'une compilation de tout ce que l'on avoit dit avant moi. Aussi ai-je averti, dans la Préface, que ce n'est pas pour les savants que j'ai écrit, mais pour les gens qui ne sont point instruits. Vous m'avez cependant trouvé un peu long ? n'est-ce pas ?

LE NÉGOCIANT.

Oui, mon Pere ; votre écrit m'a paru

______
(2) Examen & Réfutation du Traité de l'Usure, &c.

long, & très long. Il gagneroit à être mu-
tilé sans ménagement, à être réduit au plus
petit volume possible.

LE CASUISTE.

Cependant un volume, qui n'est que
d'environ 400 pages, me semble être bien
peu de chose pour une matiere si vaste.

LE NÉGOCIANT.

Ah! je vous demande pardon, mon
Pere: un volume de 400 pages ennuie toujours son lecteur, à concurrence des pages qui ne disent rien, qui disent faux, ou
qui ne vont point au fait. Si j'avois l'honneur d'être l'auteur de cette production,
je la réduirois, sans hésiter, à 40 pages au
plus; & je voudrois en faire un joli petit
ouvrage.

LE CASUISTE.

Vous vous moquez! quarante pages?
ce ne seroit plus un livre. Un livre de quarante pages! on n'en connoît point.

LE NÉGOCIANT.

Oh! je vous fais excuse, mon Pere, on
en connoît un bon nombre; & ce sont
toujours les meilleurs. Vous connoissez,
sans doute, vous-même quantité de mor-

ceaux précieux , qu'on admire généralement comme des chefs-d'œuvre , & qui ne rempliſſent que quelques pages. C'eſt ce que l'on donne aujourd'hui , à la place de ces écrits lourds & volumineux qu'on abandonne aux mélancoliques bibliomanes.

LE CASUISTE.

Ce que vous dites-là me paroît judicieux ; & j'avois bien fait attention d'ailleurs , ſur ce que nous dîmes dernierement, qu'il falloit me réſoudre à quelques ſuppreſſions. Mais auſſi , retrancher tout, hors quarante pages ? cela m'étonne toujours. D'un autre côté , vos obſervations , quoique peut-être un peu ſéveres , me viendront fort à propos , étant dans le deſſein de donner au public une ſeconde édition de mon livre. Je vous prierai en conſéquence de me faire part de toutes vos remarques ; car , quoique vous ne ſachiez pas la ſcholaſtique , je trouve de bonnes choſes dans vos raiſonnements. Vous verrez que, chemin faiſant, nous ne perdrons point de vue votre objet, & que nous examinerons à fond ce que doivent devenir vos 60000 livres.

LE NÉGOCIANT.

Il eſt vrai , mon Pere , je ſuis le plus

ignorant ſcholaſtique qui fût jamais. Cependant, comme vous avez la bonté de faire cas de la ſimplicité & de la netteté de mes raiſonnements, & que vous me mettez bien à l'aiſe en exigeant que je vous faſſe part, ſans déguiſément, de mes petites remarques ſur votre ouvrage contre l'intérêt, vous allez voir qu'il ne tiendra pas à moi, que vous ne le rendiez ſuccinct & très ſuccinct ; parcequ'il eſt évident que vous ferez toujours aſſuré par là qu'on y trouvera moins à mordre. Au ſurplus, dès que vous me faites confidence du deſſein où vous êtes de faire réimprimer votre ouvrage, vous intéreſſez par-là ma conſcience à ne vous rien diſſimuler ; car un Auteur ne peut ſe permettre aucune erreur ni aucun écart, quand il parle au public.

LE CASUISTE.

Avant d'entrer dans le détail des endroits que vous jugez à propos de ſupprimer comme mauvais ou inutiles, je ſerois bien aiſe de ſavoir quels ſont les morceaux qui vous ont le plus frappé, où vous avez trouvé le plus d'énergie & de force, en un mot, les traits qui ont fait ſur vous une agréable impreſſion.

LE NÉGOCIANT.

Votre demande eſt juſte, mais prématurée : ne voyez - vous pas que les beaux traits qui ſont épars dans votre écrit ſe font du tort l'un à l'autre pour n'être pas aſſez voiſins, & que, pour leur donner un plus grand prix, il faut les rapprocher & les joindre enſemble ; c'eſt-à-dire, qu'après avoir enlevé l'écume, nous trouverons l'or au fond du creuſet. Soyez tranquille : rien ne ſe perdra.

LE CASUISTE.

A la bonne heure, cette raiſon-là n'eſt pas mauvaiſe ; mais je ſuis fort en peine de ſavoir comment vous pourrez venir à bout de tous les retranchements que vous m'avez annoncés. Ecoutez ; l'on pourroit peut-être ici conſerver la chevre & le chou : ne ſeroit-ce pas aſſez d'élaguer une centaine de pages ? Je fais réflexion que ce ſeroit encore un livre, un volume paſſable.

LE NÉGOCIANT.

Eh ! mon Dieu ! vous faites comme cette femme du temps de Salomon, dont les entrailles ſe déchiroient, dès qu'on parla ſeulement de porter le fer ſur ſon enfant. Je procéderai, n'en doutez pas, avec toute

la droiture & avec toute l'économie poffible. En retranchant tout ce qui eſt mauvais, je ſaurai très bien épargner ce qui
eſt bon. Mais, 100, 200, 300 pages!
comptez que ce n'eſt rien : vous ſentez
bien que je n'y ſuis que pour la peine, &
que je ne cherche pas à groſſir la beſogne.

LE CASUISTE.

Cela eſt vrai : allons ; il me tarde de
voir ſi vous ferez tout pour le mieux : dans
ce cas, je ſuivrai tous vos avis pour la
nouvelle édition.

LE NÉGOCIANT.

Voyons d'abord s'il n'y a pas à écono-
miſer ſur le rempliſſage du frontiſpice,
qui eſt prodigieuſement chargé. La plu-
part de vos lecteurs n'auront point aſſez
de mémoire pour retenir les divers titres
que vous y avez entaſſés, ni peut-être le
courage d'achever de les lire. *Examen &
Refutation* de &c..... ou &c.... Il faut
éviter cette prodigalité de mots, & mettre
pour tout titre : *De l'Uſure :* cela eſt net,
& d'ailleurs à la mode.

LE CASUISTE.

Je goûte aſſez cette idée-là, ſur-tout dès
que c'eſt la mode.

LE

LE NÉGOCIANT.

Je remarque ensuite qu'ayant fait votre ouvrage, non pour les savants, mais pour les ignorants, vous avez fait bien de l'honneur à ces derniers, en supposant en eux les premieres notions concernant la matiere de l'usure, & qui se multiplient, ainsi que les diverses faces & les différents rapports qu'elle présente, dès qu'on veut l'approfondir. En cela votre méthode est un peu calquée sur celle du vieux *Despautere*, qui, pour faciliter l'intelligence du latin à ceux qui n'en savent pas le premier mot, leur en a donné les leçons élémentaires en méchants vers latins. Votre méthode ressemble un peu aussi à une introduction à la géométrie, où on ne trouveroit qu'une suite d'opérations en signes algébriques. Il falloit donc donner à vos lecteurs une idée nette de ce qu'on appelle *droit naturel*, *droit positif*, *contrat*, *propriété*, *égalité*, &c. Ces notions-là étant indispensables pour pouvoir du moins s'entendre soi-même.

LE CASUISTE.

J'ai eu tort, il est vrai, de supposer qu'un chacun sait à quoi s'en tenir sur ces notions-là. La seule que j'ai pris à tâche de

C

bien inculquer, est que l'intérêt de l'argent, de quelque maniere que l'on s'y prenne, est toujours mauvais, & que tous les arrangements que l'on fait en ce genre ne font que de mauvaises finesses pour se mettre à couvert du reproche d'usure. Je sens aujourd'hui que pour bien traiter un sujet, il est bon de fixer les premieres notions & de chercher les vrais principes de la matiere.

LE NÉGOCIANT.

C'est très bien. Mais au lieu de cela, vous avez débuté par mettre sous les yeux des lecteurs, des formules de billets usuraires, qui font, à la vérité, bien conçus & très commodes. Mais comme il y a une infinité d'usuriers peu lettrés qui iroient puiser là le style des engagements qu'ils exigent des emprunteurs, & s'en feroient d'utiles modeles, vous jugerez bien comme moi qu'il faut supprimer ces formules d'iniquité, à cause de l'abus qu'on en pourroit faire.

LE CASUISTE.

Honni soit qui mal y pense. Mais j'ai voulu seulement......

LE NÉGOCIANT.

Justice à vos bonnes intentions. Mais confidérez que fi quelqu'un mettoit dans un livre de pareilles formules, de gros juremens & d'exécrables blafphêmes, dans la vue d'en corriger le monde, vous blâmeriez à coup sûr ce faifeur de modeles.

LE CASUISTE.

Je l'avoue. Paffons.

LE NÉGOCIANT.

Vous avez divifé votre ouvrage en deux parties ; & c'eft fort bien, car il eft affez long pour être divifé. Mais il auroit fallu naturellement que chaque partie eût été envifagée fous une face différente ; car tel eft l'ufage qu'on obferve pour les divifions ordinaires d'un Ouvrage. Il eût été même affez naturel d'examiner dans la premiere Partie la nature & *l'être conftitutif* de l'ufure, d'y établir vos preuves tirées de la métaphyfique, & de réferver pour la feconde Partie les détails, avec les preuves tirées de l'autorité facrée & profane ; mais comme la premiere Partie débute par le cas d'un prêt à intérêt fait à un Négociant, & que vous donnez enfuite, pour fujet de la feconde Partie, le prêt du commerce, vous voyez que nous pouvons éviter ce double emploi, & faire une petite économie, en fupprimant les titres de *pre-*

miere Partie & seconde Partie. N'en êtes-
vous pas d'avis ?

LE CASUISTE.

Sans doute ; & avec d'autant plus de
plaisir, que jusqu'à ce moment vous ne
m'avez pas mulcté pour la valeur d'une
page entiere.

LE NÉGOCIANT.

Vous voyez bien que je suis juste. Je
vous prie d'observer encore que les matériaux de votre Ouvrage ayant été jettés
indifféremment dans l'une ou l'autre Partie de cet écrit, il en résulte un certain
désordre qui peut déplaire au lecteur ; &
je ne sais pas comment nous ferons pour
remédier à ce désordre là, qui est général.
Suivant le précepte d'Horace, que j'ai lu
dans ma jeunesse, quand dans la composi-
tion d'un écrit, on ne peut y encadrer naturellement un certain morceau, ou une
certaine expression, il faut mettre tout cela
hors de page, & en faire un sacrifice.

LE CASUISTE.

J'ai trouvé odieuses les proscriptions
générales. Laissons subsister cela par provi-
sion : peut-être que, dans la refonte de
l'Ouvrage, une partie de ces matériaux
trouveront leur place naturelle.

LE NÉGOCIANT.

Je le veux bien : il est pourtant vrai que
ce défaut-là porte sur tout l'Ouvrage, d'un
bout à l'autre.

LE CASUISTE.

Comme la matiere de l'Ouvrage est si
seche, si aride, si rebutante pour les lecteurs, j'avois prétendu, en variant ainsi la
distribution des matériaux, y répandre certaine aménité.

LE NÉGOCIANT.

Oh ! pour cet article, vous pourrez avoir
quelque tort ; car vous savez mieux que
moi, que l'aménité suppose l'ordre, en
faveur duquel il ne faut rien négliger ; &
ensuite l'aménité vient, si elle peut. Le
moyen d'ailleurs d'en répandre sur une
longue chaîne de petites discussions isolées,
contre des adversaires qui assez souvent,
à la vérité, raisonnent mal, mais que, de
votre côté, vous combattez par des principes, tous faux en eux - mêmes, ou dans
leur application.

LE CASUISTE.

Comment, Monsieur ; tous mes princi-
pes faux ? cela ne peut être..... il est vrai que

nous fommes convenus dernierement .....
Eh bien ! oui , je m'étois appuyé fur certains principes fort louches , & fi louches
qu'il n'eft pas poffible de les éclaircir. Mais
enfin cela ne juftifie pas l'intérêt. Il n'eft
pas à croire qu'il fût fi généralement condamné & odieux dans tout le monde , s'il
n'avoit fur fon corps des griefs très confi-
dérables.

LE NÉGOCIANT.

Un feul point bien éclairci doit nous
mettre d'accord. Vous m'avez défilé dernierement toutes vos preuves tirées du raifonnement , contre l'intérêt de l'argent :
elles fe font trouvées infoutenables. Il n'eft
plus queftion que de favoir s'il en eft quelqu'une que vous veuilliez réhabiliter , ou
fi , dans ce genre , il nous en eft venu dans
l'efprit quelqu'une de meilleure.

LE CASUISTE.

Oh ! je ne prétends point incidenter fur
tout cela , je vous les abandonne. Ne vous
ai-je pas dit dernièrement qu'il ne feroit
plus queftion de chicanes fcholaftiques ?

LE NÉGOCIANT.

C'eft à merveille : Vous conviendrez
donc maintenant que les deux Parties de

(55)

votre Ouvrage n'ont d'autre base & d'autre fondement essentiel, que ces preuves de raisonnement que vous consentez d'abandonner à l'heure qu'il est. Par-là, la bonne moitié du livre tombe en ruine, & je crois que nous pouvons arbitrer ce déchet à 200 pages. Mais n'en ayez pas de souci, il nous restera encore beaucoup d'étoffe.

LE CASUISTE.

Mais vous passez d'une extrémité à une autre : d'abord, à peine, dans trois ou quatre coups enlevez-vous la valeur d'une page ; & puis d'un seul, vous en faites disparoître 200 ! Il faudroit que mon livre eût trois ou quatre mille pages, pour qu'il en restât, si vous continuiez long-temps.

LE NÉGOCIANT.

Ne vous alarmez pas : le reste sera peu de chose ; & puis songez que ce sont des améliorations essentielles à votre ouvrage.

LE CASUISTE.

J'entends bien ; nous l'avons dit ; il s'agit du bien de la chose. Mais sur ces deux cents pages, dont vous venez de parler, ne pourroit-on pas en sauver quelques-unes ? Il y a nombre d'endroits qui ne tiennent pas à ces arguments obscurs & alambiqués,

C iv

que je vous ai livrés , & qui en font indé-
pendants ; il y auroit là du bon à mettre à
profit.

LE NÉGOCIANT.

Vous avez raifon, & c'eft auffi mon def-
fein : du débris de ces deux cents pages ,
nous fauverons quelques chofes , mais pas
autant que je voudrois. Car je trouve que
cette fatale affertion que vous avez tant
inculquée , & qui porte que tout intérêt
eft le violement du droit naturel , eft de-
venue pour votre écrit un malheureux le-
vain qui a vicié toutes les pages à-peu-près.
Il falloit , au contraire , avouer & établir
même , comme un principe fondamental
dans cette matiere , que tout échange , foit
d'argent , foit de quelqu'autre effet commerçable , eft de fa nature néceffairement
innocent & indifférent , & qu'il ne peut
devenir mauvais que par l'acceffion de la
fraude, ou d'une inégalité qui puiffe la faire
préfumer. Il eft évident , en effet , que
quand vous me faites un emprunt , à un
terme de fix mois, c'eft un contrat d'échange que je fais avec vous, en vous cédant
de ma part la fomme , avec le droit d'en
jouir fix mois ; tandis que de votre côté
vous me promettez en contre-échange de
me rendre pareille fomme avec l'intérêt

proportionné à la durée & à la valeur de cette jouissance. Toutes les notions communes auroient ramené votre bon esprit, laissé à lui-même, à cette idée-là. Mais vous l'avez empêché de penser, en le fixant à ce que l'Ecole avoit enseigné avant vous.

LE CASUISTE.

Mais je n'entends pas précisément me refuser à cette vérité-là : est-ce qu'on n'en trouve pas le fond, à peu-près, dans mon livre ?

LE NÉGOCIANT.

Non, assurément. D'abord vous avez tout déplacé & confondu dans l'ouvrage, comme j'ai eu déjà l'honneur de vous le dire ; & puis, vous avez jetté sur le tout une gaze de métaphysique fort peu transparente. Or rien de plus mal imaginé que de parler pour n'être point entendu.

LE CASUISTE.

Cependant, il faut tout dire ; dans nombre d'endroits j'ai parlé fort clairement, & trop clairement peut-être. Vous m'avez très bien compris, à la page douzieme, où j'ai établi l'assertion que vous venez de me reprocher, sur la prohibition de l'intérêt par le droit naturel, & à la page 20, où j'ai dit pareillement que le prêt à intérêt eſt uſuraire de ſa nature. Combien d'autres endroits où il ne s'eſt point gliſſé de pareilles erreurs , & qui ſont aſſez clairs pour pouvoir , ce me ſemble , être conſervés ?

LE NÉGOCIANT.

Mais ces choſes que vous avez cru bien claires , vous les trouverez très obſcures & très enveloppées, en les examinant de près. Il eſt certain , par exemple , que vous n'avez attaché aucune idée diſtincte aux expreſſions les plus eſſentielles & les plus familieres dans votre livre ; vous n'y trouverez nulle part une notion exacte & nette de l'*uſure* , de la *juſtice* , de la *charité* , de l'*égalité* , du *droit na urel* , &c. ; au moyen de quoi , en compoſant le livre , votre eſprit eſt demeuré mollement dans le repos , & a laiſſé à la main le ſoin de courir ſur le papier , & d'y coucher le jargon de l'Ecole. Car ſi vous aviez penſé d'après vous-même , & donné l'eſſor à votre imagination , vous n'auriez pas manqué d'écrire avec le plus grand ſuccès.

LE CASUISTE.

Vous avez donc bien remarqué de combien de recherches mon livre eſt rempli ; combien j'ai cité d'Auteurs anciens & mo-

dernes, & même de faits intéreſſants. Convenez que, mon faux ſyſtême à part, le
livre a bien ſon prix.

LE NÉGOCIANT.

Votre livre ! il ſeroit excellent, vous
dis-je, & on ne peut lui reprocher que
deux défauts ; d'avoir laiſſé la vérité à côté, & d'être par conſéquent trop long. Il
ne ſuffiſoit pas de mettre à contribution
une foule d'autres livres, de ſuer beaucoup à charrier de toutes parts des matériaux, à en remplir votre chantier, à les
dégroſſir, à les mettre en tas. Si votre eſprit s'étoit réveillé alors de ſon état d'aſ-
ſoupiſſement, vous auriez vu que les matériaux, à la vérité, étoient bons hypothé-
tiquement, c'eſt-à-dire, en laiſſant à part
l'intérêt de la vérité, mais qu'au fond ils
ne pouvoient être mis en œuvre pour un
édifice régulier.

LE CASUISTE.

Je vous aſſure pourtant qu'au lieu d'a-
voir fait ce travail en dormant, il m'a
cauſé bien des inſomnies.

LE NÉGOCIANT.

Eh ! tant pis : c'eſt mal de deux côtés :
vous ſavez qu'il y a des gens qui travail-

lent en dormant, mais ils font rarement de bonnes choses.

LE CASUISTE.

Vous m'étonnez en me reprochant que je n'ai su ni saisir ni développer les notions les plus essentielles, non pas même celle de l'usure. Mais rappellez-vous que presqu'à chaque page j'ai inculqué bien nettement que l'intérêt usuraire est celui qu'on exige à cause du prêt.

LE NÉGOCIANT.

Eh ! vous appellez cela donner une notion claire des choses ? Faites attention qu'on vous priera de laisser à l'écart le mot de *prêt*, & d'avoir la complaisance de lui substituer celui de *cession* d'argent; & vous serez réduit alors à dire que l'usure est le profit qu'on se fait payer à cause de la cession que l'on a faite de la jouissance de son argent. Or oseriez-vous nier que la cession de cette jouissance soit légitime dans un grand nombre de cas ; elle est donc innocente de sa nature. Votre définition de l'usure a encore un autre petit défaut : car en disant que l'intérêt usuraire est le profit retiré du *prêt*, vous vous obstinez à vouloir que le mot *prêt* exprime uniquement un prêt gratuit, & qui de sa nature ne peut jamais devenir lucratif ; moyennant quoi, voici votre définition bien dévelop- pée ; *l'intérêt usuraire est le profit que l'on exige en vertu d'une cession d'argent, que l'on avoit faite à titre gratuit* ; définition non seulement fausse, mais absurde ; car il n'y a qu'un fou ou coquin qui puisse exercer une pareille usure. Je ne sais si je me fais entendre.

LE CASUISTE.

Très bien. Je n'avois pas senti l'absur- dité & les conséquences de cette misérable assertion systématique ; & je sens bien qu'elle met à néant les 200 pages dont vous avez parlé.

LE NÉGOCIANT.

Ajoutez : & toute cette partie de l'ou- vrage, où l'on trouve une longue file d'ob- jections, qui en général se trouvent vraies, avec leurs réponses qui se trouvent fausses.

LE CASUISTE.

Eh ! c'est la partie de mon livre, qui m'a coûté le plus, & que je regarde comme la plus essentielle.

LE NÉGOCIANT.

Vous le voyez ; ce n'est pas ma sévérité,

c'eſt la ſaine raiſon qui fait ici des réfor-
mes. Il ne faut point tenir à un travail que
l'on avoit fait en ſommeillant.

LE CASUISTE.

Voyons un peu, dans ce livre, combien
cet article me fait perdre de pages.

LE NÉGOCIANT.

Oh ! il en reſte encore beaucoup, & rien
ne preſſe de compter.

LE CASUISTE.

Je ne faiſois pas attention qu'il me reſte
encore une reſſource, ſoit pour conſerver
le fond de mon ouvrage, ſoit pour combattre votre ſyſtême, qui peut être bon,
ſuivant le droit naturel, & mauvais, ſelon
le droit poſitif. Or j'ai rempli une bonne
partie de mon livre de citations de l'ancien Teſtament, du nouveau, des Saints-
Peres Grecs & Latins, des Conciles anciens & nouveaux ; des Ecrivains Ecclé-
ſiaſtiques de tous les ſiecles ; des Canoniſ-
tes, Juriſconſultes, Légiſlateurs, &c. Bien
m'en a valu de m'être ménagé cette reſſource.

LE NÉGOCIANT.

Vous avez imaginé, mon révérend Pere,

que ce long étalage me coûteroit au moins
une differtation de demi-heure pour me
défendre bien ou mal. Vous vous êtes trompé. Je n'ai qu'une queftion bien fimple à
vous faire.

Prétendez-vous tirer, de ces autorités
facrées & profanes, la preuve directe pour
établir que l'argent eft ftérile ; que celui
qui l'emprunte en devient propriétaire ;
que tout intérêt viole le droit naturel, &c.
Si vous l'entendiez ainfi, vous voyez bien
que vous vous rendriez ridicule, que vous
feriez feul dans votre avis, que la queftion
réduite à ces termes fut inconnue à tous les
Légiflateurs, qu'elle ne fut agitée ni pro-
pofée dans le monde avant le treizieme fiecle. Si, au contraire, vous avouez de bonne
foi que tous vos paffages font entiérement
étrangers à cette queftion fcholaftique ;
pourquoi les avez-vous cités ? Vous les avez
donc raffemblés à grands frais, en vous fai-
fant allufion à vous-même, ou en voulant
en impofer à l'ignorance qui ne comprend
rien, ou qui n'examine rien. Etes-vous fatisfait de cette premiere réponfe ?

L E   C A S U I S T E.

A la vérité, je ne l'avois pas prévue, &
je ne fai pas trop s'il y a rien de bon à ré-
pliquer. Mais je vous répondrai toujours

ceci : toutes ces autorités s'accordent à défendre févérement quelque défordre, fous
le nom d'ufure; or ce défordre ne peut
être que l'intérêt ; il eft donc condamné
généralement fous la dénomination d'u-
fure.

LE NÉGOCIANT.

Il eft de votre intérêt, M. P., que votre
argument ne vaille rien ; car c'eft à vous-
même à le *dénoncer* avant moi ; puifque
vous ne pouvez vous difpenfer de nous dire pourquoi, malgré la défenfe générale
de tout intérêt, l'Eglife permet l'intérêt
des rentes conftituées, des fommes dues
pour des droits légitimaires, & de tant d'autres cas ; votre réponfe à cette demande
fera fondée fur ce que, dans ces divers cas,
on obferve une égalité convenable, &
qu'on n'y viole point la juftice commutative. Permettez que cette raifon, qui eft
très bonne, ferve auffi pour juftifier l'intérêt de l'argent placé dans le commerce, &
qu'on fuppofe n'être que l'équivalent de
la jouiffance du capital.

J'ajoute qu'au lieu de rendre hommage
aux loix, on les combat fourdement, quand
on les met en conflict avec les notions les
plus effentielles de l'ordre moral. Quel eft
l'effence des loix divines & humaines, civiles

& canoniques, relativement aux conventions humaines ? Rien n'eſt plus manifeſte ; c'eſt que les hommes reſpectent entre eux les regles de la juſtice & de la bienſéance. L'homme juſte & charitable eſt donc au niveau de tous ſes devoirs, & fidele à toutes les loix. C'eſt à quoi un eſprit réfléchi eſt toujours obligé de revenir par le bon uſage de ſa raiſon : de quelque traité ou de quelque négociation qu'il s'agiſſe, il ne faut pas y chercher l'uſure dans des idées vagues, ou dans le mot même d'*uſure*, mais dans une injuſtice réelle faite à l'emprunteur. Mais ſi le créancier a reſpecté les droits de propriété de cet emprunteur ; ſi l'intérêt qu'il en exige eſt généralement réputé juſte ; ſi l'emprunteur lui-même, en cela d'accord avec tous les experts ou gens d'affaires, l'a eſtimé juſte, il n'eſt plus poſſible d'y ſoupçonner de l'injuſtice, ni par conſéquent de l'uſure ; & il n'y a ni droiture d'eſprit, ni équité, ni vraie religion, à invoquer l'autorité ſacrée, pour tourner ſon langage en objections, & la faire intervenir dans les arrangements des affaires humaines, où elle ne prend d'intérêt que pour l'obſervation des regles de l'équité & de la charité. Le vrai uſurier, en quelque langue que ce ſoit, eſt donc un prêteur qui manque de charité pour les né-

cessiteux, ou de justice envers les emprunteurs.

LE CASUISTE.

Vous ne faites pas attention que, suivant les Auteurs Ecclésiastiques, & la doctrine des hommes les plus célebres pour la
piété & les lumieres, il faut reconnoître
que tout profit au - dessus du capital est
usure, & que c'est-là sa définition.

LE NÉGOCIANT.

Pourquoi argumentez vous encore contre vous-même ? Vous oubliez que c'est à
vous même à réfuter ce raisonnement. Les
Auteurs dont vous me parlez ne peuvent,
trouver à redire dans tout traité où l'on
observera les regles de l'équité & de la
justice.

LE CASUISTE.

Reste que, selon vous, tous les grands
hommes & toutes les Ecoles se seront fait
grossièrement illusion, & que vous avez
mieux vu le vrai point des choses que tout
l'univers savant.

LE NÉGOCIANT.

Permettez que je prenne encore cette
objection pour l'opposer à vous - même ;
car vous devez en partager la solution avec

moi , puifque vous n'êtes point du tout dans la façon de penfer de tous les grands hommes fur la nature de l'in érêt de l'argent ; vous en êtes convenu.

Au furplus , ces grands hommes ne fe font trompés nullement fur le point effentiel, & qui feul pouvoit intéreffer leur zele, qui eft l'obfervation de la juftic. & de la bienfaifance. S'ils ont laiffé , fur les caracteres de ces vertus , le voile d'une fauffe philofophie , ce n'a été ni leur ouvrage ni leur faute ; c'eft celle de leur fiecle.

LE CASUISTE.

Voilà pourtant un bon lambeau de mon livre que vous allez encore fupprimer. Attendez ; il me vient dans l'efprit maintenant, que nous pourrions toujours conferver toutes ces autorités , & les expliquer comme vous venez de faire. N'eft-il pas vrai ?

LE NÉGOCIANT.

Eh! vous vous intéreffez trop , ce me femble , à la groffeur de votre livre. Pourquoi y faire entrer une multitude d'objections , pour avoir le plaifir de les réfoudre? Au furplus , nous n'avons pas encore tout dit , & votre livre a befoin d'autres améliorations.

LE CASUISTE.

Vous appellez améliorations, des retranchements qui le réduiront à 40 pages ! Que sais-je encore si je les sauverai !

LE NÉGOCIANT.

Mais je vous l'ai promis & repromis ; il me semble qu'on doit compter sur la parole des gens.

LE CASUISTE.

Allons. J'ai toujours oui dire que la première critique que doit essuyer un ouvrage, est celle de son auteur. Je conséns à tout, parceque vous ne cherchez que le bien de la chose.

LE NÉGOCIANT.

C'est dans cette vue que je ferai encore avec vous une nouvelle observation. C'est que, dans le cours de votre livre, vous faites jouer à votre système contre l'intérêt une suite de rôles fort différents. D'abord ce n'est qu'une spéculation systématique, une opinion humaine fondée sur des arguments tirés de la raison naturelle ; & c'est très bien jusques-là, si vous vous étiez attaché à des notions claires. C'est ensuite une doctrine sacrée comme théologique :

cette métamorphose n'est pas trop bien, mais passe encore. Puis vous incorporez ce systême avec la doctrine des canons. L'un suit assez de l'autre ; & je ne m'y oppose point. Mais, de plus, vous faites de ce systême une définition de l'Eglise, un dogme de foi, & c'est ce que vous avez dit & répété en vingt endroits. Quoi, mon révérend Pere, un systême révélé ! un systême de foi ! Savez-vous que tout cela m'a d'abord un peu troublé ! Il seroit déplorable de perdre ainsi la foi, sans le savoir : je consentirai bien de passer pour un mauvais scholastique, mais non pour un homme sans foi : ne trouvez-vous pas qu'il peut y avoir là quelque chose de trop ?

LE CASUISTE.

Il est vrai que vous m'avez fait comprendre, il y a un quart-d'heure, que l'esprit & le but de la religion, concernant nos devoirs réciproques, sont bornés à l'observation de la charité & de la justice ; que la législation religieuse ne prend d'autre intérêt que celui-là dans le détail des affaires temporelles ; que l'Eglise, dans aucun temps, n'a voulu ni pu ériger en dogme une opinion inconnue à l'antiquité, & qui ne porte que sur des spéculations abstraites ; je me rappelle tout cela, j'en sens la vérité, je ne chicane point. Mais ce n’eſt pas à moi qu’il faut imputer ces erreurs-là : je n’ai fait que les copier dans les livres les plus communs & les plus reſpectés. Pouvois-je m’élever contre un enſeignement univerſel, contre toutes les Ecoles ? Qand on parle au public, il faut bien parler comme tout le monde.

LE NÉGOCIANT.

Je ſerois aſſez d’un avis tout oppoſé au vôtre. Je croirois que quand on connoît la vérité, il faut en ſuivre la lumiere, par conviction, & non par compagnie, & qu’on doit lui rendre hommage, quand elle ſeroit méconnue de tout le monde.

LE CASUISTE.

Cela eſt vrai ; mais la bonne foi & l’uſage reçu mettent à couvert de tout reproche ; mais je ne vois pas, au reſte, à quoi vous mene tout cela.

LE NÉGOCIANT.

Cela mene à trouver mauvais & très pernicieux que vous vous ſoyez permis de citer les livres ſaints, l’Egliſe & ſes déciſions à l’appui de votre ſyſtême, & d’en faire une vérité inconteſtable & catholique. Car enfin, vous n’ignorez pas qu’on

(71)

ſe rend également coupable , ſoit que l'on augmente, ſoit que l'on diminue le nombre des dogmes de la foi. Quand on écrit ſur une matiere importante , on doit l'avoir méditée aſſez long-temps, pour n'avoir pas beſoin d'excuſer des erreurs , en vertu de la bonne foi.

LE CASUISTE.

Eh ! bien , oui : mais ſi les anciens Scholaſtiques , & puis leurs ſucceſſeurs ſe ſont trop avancés , ce n'eſt pas moi qui leur en ai donné le ſignal. C'eſt le temps , c'eſt la chaleur des diſputes qui a produit ces exubérances de doctrine. Les partiſans de l'intérêt faiſant beaucoup valoir la ſupériorité que leur donne la voie du raiſonnement, il nous a bien fallu les combattre au nom de l'autorité de l'Egliſe , à laquelle il n'y a rien à oppoſer. Je vous ai bien avoué que, dans les combats ſcholaſtiques , on ſe tire, comme l'on peut , des arguments qui embarraſſent.

LE NÉGOCIANT.

Il vous reſte donc à avouer que c'eſt ſe jouer des hommes & de la religion , que de mettre ſur ſon compte des inepties telles que celles qui compoſent votre ſyſtême. Mais paſſons à une conſéquence pratique,

que nous avons à tirer de tout ce que nous venons de dire. Je crois fort que les pages qu'occupent toutes ces autorités déplacées peuvent bien se porter à cent pages, au moins.

LE CASUISTE.

En rigueur, cela iroit même plus loin : mais, comme je vous l'ai déjà dit, parmi ces passages, on peut en retenir un certain nombre.

LE NÉGOCIANT.

Nous verrons. Mais il n'y aura point de grace à faire sur une foule d'endroits, où vous faites des sorties peu décentes contre des Ecrivains orthodoxes, où vous les traitez de secrets ennemis de la foi, où vous leur reprochez d'imiter Calvin, de copier ses sectateurs, de mépriser le langage & les décisions de l'Eglise. Il sera long & ennuyeux de passer le crayon sur tant d'endroits : mais je ne crois pas qu'ils nous en levent qu'environ 70 pages.

LE CASUISTE.

Prenez donc garde, je vous prie ; & les quarante !

LE NÉGOCIANT.

Je n'ai pas encore achevé.

LE

LE CASUISTE.

Mais les quarante pages, vous dis-je, qui doivent rester intactes !

LE NÉGOCIANT.

J'entends ! il n'y en a aucune ; & nous ne nous entendions pas apparemment. J'ai prétendu vous dire que, des débris de l'ouvrage, on peut ramasser par-ci par-là des lambeaux qu'on pourra réunir, à concurrence d'environ 40 pages, où tout sera bon, solide, intéressant. Aviez-vous entendu autre chose ?

LE CASUISTE.

Eh ! je crois que non. Mais comme vous avez d'abord compté 200 pages de suppression, puis 100, puis d'autres articles, & maintenant 70, vous voyez bien qu'après toutes ces confiscations il n'y a plus de possibilité à trouver les 40 pages réservées.

LE NÉGOCIANT.

Mais n'en restât-il que 20, que vous importeroit, si elles étoient excellentes ?

LE CASUISTE.

Que m'importeroit ? eh ! en feriez-vous un livre ?

D

LE NÉGOCIANT.

Oui, sans doute ; & un livre bien agréable, dont l'édition coûteroit peu, & rendroit beaucoup ; au lieu que la premiere, suivant la renommée, vous a rendu peu, & vous avoit coûté beaucoup.

LE CASUISTE.

Il est vrai, mais finissons donc.

LE NÉGOCIANT.

Je finis donc en observant de plus qu'il convient de retrancher encore le grand nombre des passages de Bossuet, dont vous avez mis en pieces le traité sur l'usure, pour les distribuer à droite & à gauche dans votre livre, après en avoir tiré trois ou quatre épigraphes. Les matieres de l'usure n'étoient point éclaircies du temps de ce grand homme, & un préjugé général ne peut nuire à la gloire de ce génie du premier ordre. Son témoignage ne sauroit donc faire preuve ici.

LE CASUISTE.

Encore ! . . . . . .

LE NÉGOCIANT.

Un petit moment. Disons - en autant

des diverſes citations de Benoît XIV , &
notamment de ſa lettre *encyclique* , que
vous avez rapportée en latin & en françois;
car quoique ce grand Pontife ait conſigné
dans cette lettre des traces ſenſibles de ſa
ſageſſe & de ſa modération , il n'eſt pas
moins vrai qu'il y parle en Théologien ſcholaſtique , qui n'examine pas le rapport que
peut avoir l'intérêt avec le droit naturel ,
mais qui ſuppoſe que le ſyſtême Péripaté-
ticien eſt rendu indubitable par la commune opinion de l'Ecole. Pour ce lambeau
je conviens qu'il eſt conſidérable.

LE CASUISTE.

J'eſpere que vous vous arrêterez à la ta-
ble : vous voilà à la fin du volume.

LE NÉGOCIANT.

Je n'ai pourtant enviſagé votre livre que
d'une vue générale , & par ſes défauts les
plus ſenſibles. Il n'eût pas été poſſible ni
d'y relever tous les faux raiſonnements qui
en font le tiſſu , & qui font une ſuite de
votre faux principe ſur la malice intérieure
de l'intérêt de l'argent. Mais pour trancher
là-deſſus , dites-moi , de grace , ſi vous
pouvez croire vous-même qu'une convention dans laquelle on fait , avec pleine liberté , des arrangements qui ſont récipro-

quement utiles, puiſſe offenſer le droit naturel, qui rend légitime, comme nous l'a-
vons vu, la revente d'un même effet ſous
trois prix d'une énorme différence, & cela
en vertu du mutuel conſentement? Dites-
moi encore, ſi vous pouvez concevoir qu'il
y ait quelque choſe qui ſoit nettement condamnable, dans un accord pour ceſſion
d'argent, dont aucune des Parties ne peut
raiſonnablement ſe plaindre? Dites-moi
enfin s'il eſt poſſible de perſuader à quelqu'un qui raiſonne, qu'il y ait de l'uſure
ſans injuſtice, ou de l'injuſtice ſans inégalité reſpective, ou de l'inégalité, ſans qu'on
puiſſe la conſtater & aſſigner en quoi elle
conſiſte? Il eſt naturel que vous teniez for-
tement à un ſyſtême qui, par le laps de
temps, s'eſt comme identifié avec votre
eſprit, & qui intéreſſe votre gloire ſcholaſtique. Mais convenez que c'eſt par-là même que vous êtes ſuſpect d'illuſion. Quant
à moi, je ſuis dans une poſition toute
contraire. En voyant prévaloir ma façon
de penſer ſur la vôtre, je ne trouve au bout
qu'un échec très conſidérable dans ma for-
tune. Il ſeroit bien étrange qu'un ſi grand
ſacrifice ne fût de ma part que l'effet d'une
ſtupide obſtination. Il n'y a point d'exemple d'un pareil phénomene.

LE CASUISTE.

Je suis fâché, pour vos intérêts, de n'avoir pas de bonne réplique à vous faire. Mes yeux s'ouvrent dans ce moment ; j'apperçois le but où vous tendez. Pour ménager ma délicatesse, en combattant mon ouvrage, vous avez feint de vouloir en conserver le fond.

LE NÉGOCIANT.

Je vous avoue tout. J'ai usé de ruse à votre égard, parceque je n'aime point à dire de ces vérités cruelles, avec lesquelles on assassine son homme. J'ai espéré de votre bon esprit, & je me félicite de ne m'être pas trompé. Votre générosité me ravit, & m'inspire pour vous plus d'estime que ne feroient les plus rares talents & les plus belles productions. Il est vrai que tout me faisoit peine dans votre livre, & vous en sentez maintenant les raisons. Car que peut-on dire de bon, quand on est parti d'un principe fondamental, qui se trouve faux.

LE CASUISTE.

Ah ! Monsieur, la belle édition de mon livre, que vous me procurez aujourd'hui. J'admire la patience & l'adresse que vousavez employées pour le combattre & pour m'en défabuser. J'aime encore mieux que tous les livres, les excellentes réflexions que vous m'avez communiquées. Mais faites-vous attention que, si je perds un méchant ouvrage, vous perdez, de votre côté, 60000 livres que votre droiture & vos lumieres vous enlevent très justement, à mon avis ?

LE NÉGOCIANT.

Je ne fais en cela qu'imiter votre courage, & nous éprouvons tous deux que la satisfaction d'être juste est le premier des tréfors. Dès mon arrivée à Marseille, je vais embrasser & surprendre mon vertueux ami, en lui remettant le montant des intérêts qu'il m'avoit abandonnés comme m'appartenants. Je suis assuré maintenant de l'orienter comme je le suis moi-même. Je vous ai l'obligation d'être entièrement décidé à ce sujet, par l'effet des discussions où vous m'avez permis d'entrer avec vous. Recevez mille actions de grace, mon révérend Pere, pour votre complaisance, & pour toutes vos honnêtetés que je n'oublierai jamais.

F I N.